별들에게
물어봐

별들에게 물어봐

전하리 글·그림

북하우스

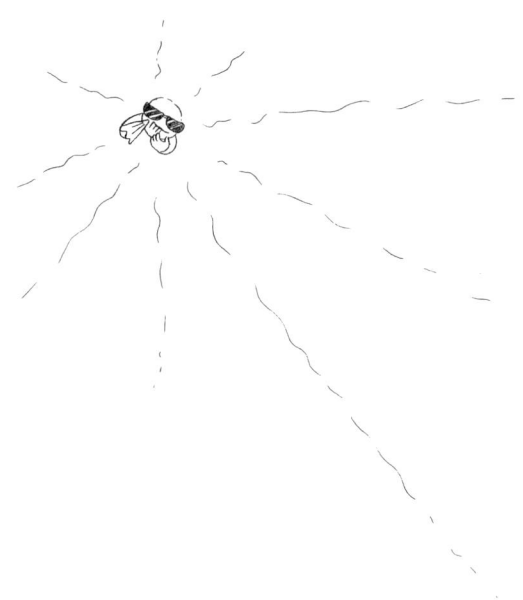

산동네 중턱에 자리잡은 학교의 운동장에는,
이제 곧 여름방학이 얼마 남지 않았음을 증명하듯
뜨거운 햇살이 푹푹 내리쬐고 있었다.

운동장 주변에 서 있는
키다리 느티나무의 나뭇잎들은 찜통 햇살을
아랑곳하지 않고 마치 일광욕을 즐기기라도 하듯이
은빛으로 찰랑거렸다.

더위를 못 이기는 미경이를
약 올리기라도 하는 듯
태양은 그렇게 쉼 없이 뜨거운 입김을 불어댔다.

산등성이를 오르는 언덕 아래로
한낮의 태양의 열기는 뜨거운 아지랑이를 만들고
학교 건물은 춤추듯
미경이의 눈동자 안에서 이글거렸다.

미경이가 언덕길을 숨차게 기어오를 때
같은 동네 친구인 길수가 소리쳤다.
"헥헥. 미경아 천천히 좀 가자!"

더위를 한껏 먹은 듯한 길수는
뜨거운 열기마저 못 느끼는 듯
오히려 한기를 느끼는 창백한 얼굴로
쓰러질 듯 비틀거렸다.

"그러니까 빨리 걷자구. 더운데 천천히 걸으니까
더 기운이 없지!"
미경이는 길수를 향해 안타까운 소리를 뱉어냈다.

"으……으응. 아……아 알았어! 고마워어……."
길수의 손을 잡아끄는 미경이는
길수에겐 누이 같은 존재였다.

언덕길을 올라
평평한 길에 다다르자
이윽고 길수도 젖 먹던 힘을 다해
빠른 걸음으로 미경의 뒤를 따라 걸어올 때였다.

어느새 둘은 통장 아저씨 문방구 앞에 도착했다.
흡사 팥쥐와 오누이쯤 되어 보이는 한 사내아이가
세결스럽게 하드 아이스크림을 먹고 있는 모습이
땀을 닦아 내리던 미경의 시선 안으로 들어왔다.

길수와 미경이는 한눈에 들어오는 그 풍경을
동시에 바라보았다.

"와! 아이스크림 정말 맛있겠다!"
미경이는 군침을 삼키며
자신이 아이스크림을 먹는 상상을 하며
입술을 혀로 핥았다.

"아이스크림이다! 정말 맛있겠다!
쩝, 나도 먹고 싶으다……힝……."
미경의 시선은 자신도 모르게
사내아이의 손에 쥐여 있는 아이스크림에
온통 다 쏠려 있었다.

"뭐……뭘 봐!"
미경의 시선을 눈치 챈 사내아이는
아이스크림을 뒤로 감추며 경계의 눈빛을 보냈다.

사내아이는 혹여 자기 아이스크림이 덮기라도 할까봐
아이스크림에 시선을 두는 미경이를 향해
더운 열을 뿜어내었다.

"저……저……저 뭘 보냐니까!"

미경이가 아이스크림을 빼앗아 먹기라도 할 듯 사내아이는 몸을 부르르 떨었다.

"거……거지 같은 게
하드 맛 떨어지게
쳐다보고 있어!!"

사내아이는 도톰한 입술을 있는 힘껏 삐죽거리며 미경을 경계했다.

"야, 이 기지배야.
너 진짜 왜 내 하드 자꾸 쳐다보는 거야아, 앙?"
그제서야 미경은 그 사내아이가
자신을 보고 말하고 있다는 것을 알아차렸다.

"뭘 보냐구! 뭘 봐! 왜 내 하드 보고 있냐고!
맛 떨어지게 왜 보냔 말이야~! 엉?"
사내아이는 녹아 흘러내리는 하드를 손에 쥐고
눈에 핏대를 세우며 미경이를 향해 성큼 다가갔다.

"흡. 뭐……뭐……뭣! 뭐라구!"
그제야, 자신이 하드를 바라보는 것이
문제가 되고 있다는 사실이
정신을 번쩍 나게 했다.

산동네에서 사내아이들과 바깥 놀이로
몸과 마음이 다져진 미경이 그대로 참을 리가 없었다.

이윽고 미경은 두 손을 꼭 쥐고 사내아이를 향해
소리쳤다.

"야! 이 돼지 사촌처럼 생긴 녀석아!
내가 그 하드 봤다고 이 난리냐? 내가 네 하드 본다고
네 하드가 줄어드냐? 앙?"
미경은 아이스크림을 맘 놓고 사 먹지 못하는
자신의 처지에 분풀이라도 하듯이
있는 힘껏 사내아이를 향해 소리쳤다.

"으……. 미경이가 또 화가 났다! 으……."
늘 미경이를 대장이라 부르며 따라다니는 길수는
미경의 뒤에서 사시나무 떨듯이 떨고 있었다.

"미……미 미경아! 그냥 가자! 쟤 되게 힘 세게 생겼다!
어……어 얼른……."
길수는 떨리는 손끝에 힘을 주며
미경의 옷자락을 끌어당기며 속삭였다.

"돼지같이 생겨가지고……."
미경은 타오르는 분노를 삭이지 못하고
자신도 모르게 심한 말을 내뱉었다.

"뭐, 뭣!"
사내아이는 금방이라도
미경이를 때릴 기세였다.

순간, 미경이는 왈칵 서러움이 밀려와
자신의 코끝이
빨개지는 걸 느꼈지만
그냥 물러설 수는 없었다.

"그 누런 이빨로 참 맛도 있겠다, 그래!
네가 한입 준대도 더러워서 안 먹는다! 에잇 퉷퉷 퉷."
순간, 너무도 순식간에 미경의 침이
사내아이 아이스크림에 올라붙었다.

순식간에 벌어진 일이었다.

"어, 어어엉?"
"너! 내 아이스크림에
니 침 튀었어!"
사내아이는 울상을 지은 채
흘러 녹아내리고 있는 아이스크림을 바라보았다.

'게임 끝! 메롱!'
이제 미경은 길수를 끌고 "걸음아 날 살려라"를 외치면서
줄행랑을 칠 수밖에.

"길수 살려~~~!"
눈을 꼭 감은 길수는 미경의 손에 이끌린 채
골목 어귀를 빠져나왔다.

"야! 너! 너희들 거기 안 서!"
골목을 빠져나가는 미경이와 길수를
금방이라도 따라잡을 듯 쩌렁쩌렁한
사내아이의 억울한 목청소리가
산동네를 한바탕 흔들어놓았다.

"흐흐흥, 분하다……."
아이스크림을 쥐고 있는 사내아이의 손은
두려움에 떨던 길수의 손보다도 더 심하게 떨리고 있었다.

"도……동수야! 너 그 하드 안 먹을 거면 나 주라. 응?
나 주라아~~~!"
뚱뚱한 사내아이 옆엔 말라깽이 사내아이가
침을 흘리며, 조금은 안타깝게 하드를 보며 웃고 있었다.

"자!"
"햐! 진짜 맛있다!"
미경의 침이 섞인 채 흘러내리는
아이스크림을 쪽쪽 핥아 먹었다.
그러면서 자꾸자꾸 말했다.
"진짜 맛있네! 진짜 맛있어!"

"으, 분하나! 언세 또 만나기만 해봐라! 지 기지배를 그'냥 확!"
동수는 두 주먹을 불끈 쥐고 훗날을 기약했다.

"에잇!"

미경은 신발 속의 엄지발가락을 힘주어 세우며

길바닥에 버려진 빈 깡통을 있는 힘껏 발로 찼다.

"치, 난 정말 너무 불행해.

불쌍하다구!~~~

아이스크림 하나도 마음대로 사 먹지 못하고……."

때 맞춰 불어온 시원한 산바람도

눈곱만큼의 위로가 되어주지 않는 순간이었다.

그깟 하드 하나 때문에……
미경은 방금 전 일이 너무 억울해 허공을 향해
소리치며 울었다.

미경이를 바라보는 길수의 마음도
덩달아 울적해졌다.

"난, 난 왜 이렇게
형제가 많은 거야!
언니, 오빠, 동생, 또 동생, 게다가
엄마 뱃속에 아기까지……. 흐흐흑!"

가던 길을 멈추고 미경이는
땅바닥에 무릎을 꿇고 주저앉았다.

"하나님! 우리 형제들 모두 사라지고
저만 남게 해주세요! 그래서 외동딸로 살면서
아이스크림도 많이많이 먹게 해주세요."
항상 그렇듯 길수는 그렇게 뒤에서 미경의 행동을
바라만 보고 있었다.

기운을 뺀 탓에
더욱 목이 말랐던 미경이는
집 마당에 도착하자마자 가방을 툇마루에 집어 던지고
부엌으로 향했다.

유일하게
마음 놓고 더위를 식혀줄
항아리 속에 담긴 약수.

미경이는 바가지 가득 퍼 올린 물을

단번에 꿀꺽꿀꺽 마셨다.

"꺼어어어어억!"

"역시 물맛이 최고야!"

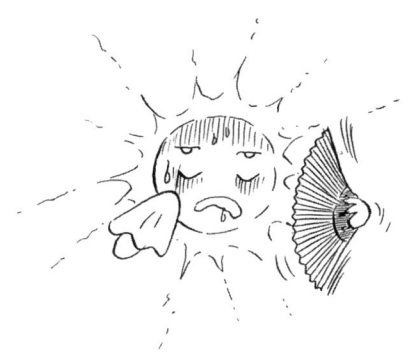

바가지를 엎어놓은 듯

방금 마신 물로 불뚝 튀어나온 배를 뿌듯하게 감싸 안으며

미경은 한낮의 더위를 식히고 있었다.

탕! 탕! 탕! 탕!

온 집안 식구들의 속옷까지도 늘 삶아 내시던
부지런하고 깔끔하신 엄마는 더위도 아랑곳하지 않은 채
수돗가에 쪼그리고 앉아 빨래를 하고 있었다.

여느 때처럼 큰딸 미화는 미영이를 등에 업고
빨래하는 엄마의 모습을 지켜보았다.
셋째 딸 미숙이도 덩달아 엄마의 방망이질 솜씨를
구경하고 있었다.

뜨거운 태양의 열기가 오후가 되자
그림자처럼 식어가고 있었다.
"아이고,
아이고오~ 배야!"

벌컹!

차가운 배를 움켜쥔 채 창백한 얼굴로
미경이는 어느새 문지방에 기대 있었다.
"으으으…… 아까 으으으윽 수돗물을 너무 많이 먹었나 봐!"

우르르 쾅쾅!!

미경의 뱃속에서는 때 아닌 전쟁이 일어나고 있었다.

"으아아악! 안 돼!"
미경이는 하얗게 질린 얼굴로
100미터 경주라도 하듯 좁은 앞마당을 가로질러
재래식 변소를 향해 뛰었다.

여섯번째 막내를 뱃속에 품은 채 수돗가에서 빨래를
하던 엄마가 방망이를 든 채 놀라 미경을 바라보았다.
"이잉? 쟤가 낮잠 자다 말고 왜?"

막내 동생을 업고 복숭아를 먹던 언니 미화와

그 옆에 서 있는 넷째 동생 미숙이가

동시에 모두, 변소를 향해 달리는 미경을 바라보았다.

변소 앞 담벼락 밑엔

키 작은 채송화들이 앞 다투어 피어 있었고,

아카시아 나무의 커다란 그늘이

뜨거운 여름을 식히고 있었다.

미경이는 언제나 그렇듯 변소에 앉아

나뭇잎 배, 반달, 과꽃 등의 노래를 목청껏 불렀다.

어느 날은 열 곡이 넘는 노래를 다 부르고 나서도

부른 노래를 또 부르곤 하던 꾀꼬리 아닌 꾀꼬리였다.

"휴! 이제야 좀 살 것 같네!"
볼일을 다 마친 미경이는 안도의 숨을 쉬며
변소 입구 벽면에 가지런히 오려져 걸려 있는 신문지를
바라보았다.

찌-이-익-
철사 줄에 매달려 있는
신문지 두 장이 뜯어지려던 순간
미경은 잠시 머뭇거렸다.

"참! 또 잊을 뻔했네.
할머니가 꼭 한 장씩만 뜯어 쓰라고 하셨는데!"

때로는 나뭇잎으로, 때로는 풍선껌 종이로 닦으라고
손 내밀던 할머니를 생각하며 미경은 킥킥대며 웃었다.

그도 그런 것이 멀리 서울로 이사 간 딸네 집에
때때로 다니러 오던 외할머니는 자신의 둥근 얼굴을
닮은 셋째 손주 미경이를 유난히도 예뻐했다.

가끔씩 변소 안에 종이가 떨어지거나 변소에 종이를
가지고 가지 않은 미경이가 소리치며 종이 지원 요청을 할 시엔
제일 먼저 할머니가 변소 앞에 나타나
기다리고 있었기 때문이다.

외할머니는 언제나 변소간 문 밖에 서 있다간
옥색 고운 한복 치마를 걷어 올리고
속바지에 붙은 작은 주머니를 뒤적거렸다.

그 작은 속바지 주머니 안에는 여지없이 하얀 가제수건이
딱지처럼 접혀 있었다. 간혹 그 주머니에서 알사탕이 나오면
"엄마 말 최고로 잘 듣는 사람에게 줄게" 하며
화들짝 감추곤 했었다.

그리곤 다시금 가제수건을 펼쳐
보물처럼 조심스럽게 껌 종이를 미경이 앞에
내밀곤 했다.

"헉!"
"뭔 소리여. 그것이면 열 번도 더 닦어!"
지독하리만큼 검소한 할머니의 음성이
귀에 들려오는 듯한 착각이 느껴졌다.

어느 날은 나뭇잎을 들고도 계셨기에
미경이는 오늘 이 종이 한 장이 귀하고 또 귀하게
여겨졌다.

"아무튼 우리 할머니는 정말
못 말리신다니까.
할머니 저 착하죠? 저 오늘 할머니 말씀대로 아껴서
딱 한 장만 쓰고 있어요. 킥킥!"

멀리 시골에 계신 할머니가

긴 팔을 늘어뜨려 자신의 머리를 쓰다듬는 듯한

행복한 생각에 잠기며

이윽고 똥 닦은 종이를 변소간 안에 던질 찰나였다.

"에잇."

그때였다.

"엇!!!!"

"저……저……저건, 저게 뭐야!!"
미경은 순간 자신의 눈을 의심했다.

"아……아니 변소에 웬 동전이 떨어져 있지??
누……누가 빠뜨렸지?
옆방에 세 들어 사는 회사원 순옥이 언니가 또 빠뜨렸나?"

"하나, 둘, 셋, 넷……. 히야아아!"
미경은 순간 변소 천장 문을 뚫고 하늘로 튀어 날아갈 듯한 느낌이었다.

"저, 저, 저 돈이면?"

변소 앞을 두리번거리던 미경은 마치 변소 문을
보물 상자 뚜껑처럼 여기며
떨리는 손으로 쓰다듬었다.

"아……아무도 없지?"
"얏호!"

언니 미화와 동생 미숙이가 엄마의 빨랫방망이질 솜씨에 넋을 잃고 있을 때 미경은 재빠르게 부엌으로 달려갔다.

이때닷!!

부엌에 들어가는가 싶더니

어느새 달려 나오는 미경의 손에는

때 아닌 연탄집게와 국자가 들려 있었다.

"야호! 이 기쁨을 누구에게!"

"엥?"

급하게 변소 문이 닫히는 소리에 빨래를 하다 말고
엄마는 미경을 바라보았다.

"잉?? 언니야가?"
동생 미숙은 변소를 들락거리는 미경을
걱정스러운 눈빛으로 바라보았다.

"흐흐흐.
더러운 건 한순간이야!"

"고지가 바로 여긴데
이깟 똥 냄새쯤이야."

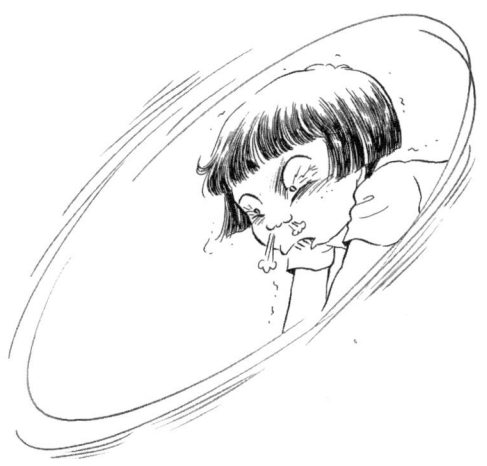

"조금만
조금만 더……."
미경은 이마에 흘러내리는 땀방울을 의식하지 못한 채
연탄집게와 국자를 잡은 손에만
온 신경을 기울였다.

"에……에잇.
쪼……쪼금만. 쪼금만 더……"

"으악!

안 돼애~!!!"

결국 사건이 벌어지고 만 것이다.

"으아아악! 사람! 사람 살려! 사람 살려요~~~"

"엥? 이것이 지금 누구 소리여?"
빨래 방망이질을 하던 엄마는, 순간 그 목소리가
미경이의 목소리라는 걸 단번에 알아차렸다.

"아니, 혹시 얘가 변소에?"

"엄마! 변소에서 나오는 소리 같아요."
막내 미영이를 업은 채 복숭아를 먹고 있던
미화가 이야기했다.

엄마는 들고 있던 빨래 방망이를
떨어뜨렸다.

"뭘일이다냐!!"

번개처럼 엄마는 변소로 달려갔다.

벌컥,

변소 문이 열림과 동시에

겨우 팔 한쪽만을 걸친 채
똥통 속에 푹 빠져 있는 미경이의 모습에
모두는 차마 할 말을 잃었다.

정말 다행인 것은
어린 자식들이 혹여 변소에 빠지게 될까
조심성 많은 아버지가 변소 깊이를 얕게 만든 것이다.
덕분에 큰 일을 면할 수 있었던 아찔한 순간이었다.

쏴아아

쏴아아
쏴아아

"우웩. 우웨웨액."

온 동네 분뇨를 수거해가는 트럭이

뚜껑이 열린 채 전복이라도 된 듯 작은 산동네엔

아카시아보다 진한 똥냄새가 마을 전체를 뒤덮고 있었다.

호스로 뿜어져 나오는 물소리가

유난히도 요란하게 들리는 오후였다.

"으아앙~!"
"아이고 속상해라.
아무리 덥다고 변소에서 헤엄을 치냐. 엉?
그나마 한쪽 팔이 걸쳐져 있어서 다행이었지!!
생각만 해도 정말."
하루도 조용한 날이 없는 엄마의 일상이
또 하나의 사건으로 채색되고 있었다.

한여름 더운 열기에 더해진 똥냄새는
순식간에 집 안 전체를 변소로 만들기에 부족함이 없었다.

엄마는 한 손은 호스를 쥔 채,
다른 한 손으로는 미경의 몸에 붙은 똥을 씻기고,
그러다가는 엄마의 코를 막기도 하며 또 씻겼다.

똥물이 미경의 몸에서
다 씻겨 나가기도 전에
언니 미화가 코를 쥐어틀며 말했다.
"야! 미경아 너 몸에서 똥냄새 나서
복숭아 못 먹지?"

순간 미경은 먹보 언니 미화가
자기의 복숭아를 먹어치울 심산이란 것을 알아차렸다.

"히히히. 그럴 줄 알고
이 언니께서 방금 너 대신 잘 먹어 주었지! 히히히."

"뭐? 복숭아?"

미경은, 똥물이 다 가시지도 않은 맨몸으로
마당을 몇 바퀴째 돌았다.

미경이의 뒤를 쫓는 동생 미숙이는
자신의 것을 대신 먹으라며 더욱 커다란 원을 만들고 있었다.

"이것들아! 이 와중에 복숭아가 넘어가냐. 응?
아이구…….
이 똥난리 속에서도 복숭아가 맛이 있든?"

"에고 미화야 너는 언제나 철이 들래 엉?"
엄마의 푸념이 줄어들 무렵
미경의 몸은 '언제 똥통에 빠졌냐'는 듯
복숭아 속살처럼 뽀얗게 빛마저 냈다.

미경은 어느새 뽀송뽀송하게 잘 마른 몸을 한번 만져보곤
변소에 빠졌던 일을 바로 잊었다.

휘영청 밝은 보름달이 한여름 밤을 대낮처럼 밝게
산동네를 비추어오고 있었다.

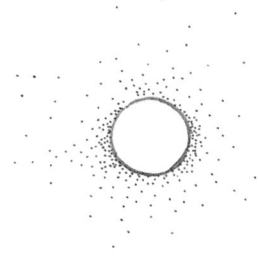

멀리만 보이던

남산 타워의 불빛이

손에 잡힐 듯 가까이 다가와 있었다.

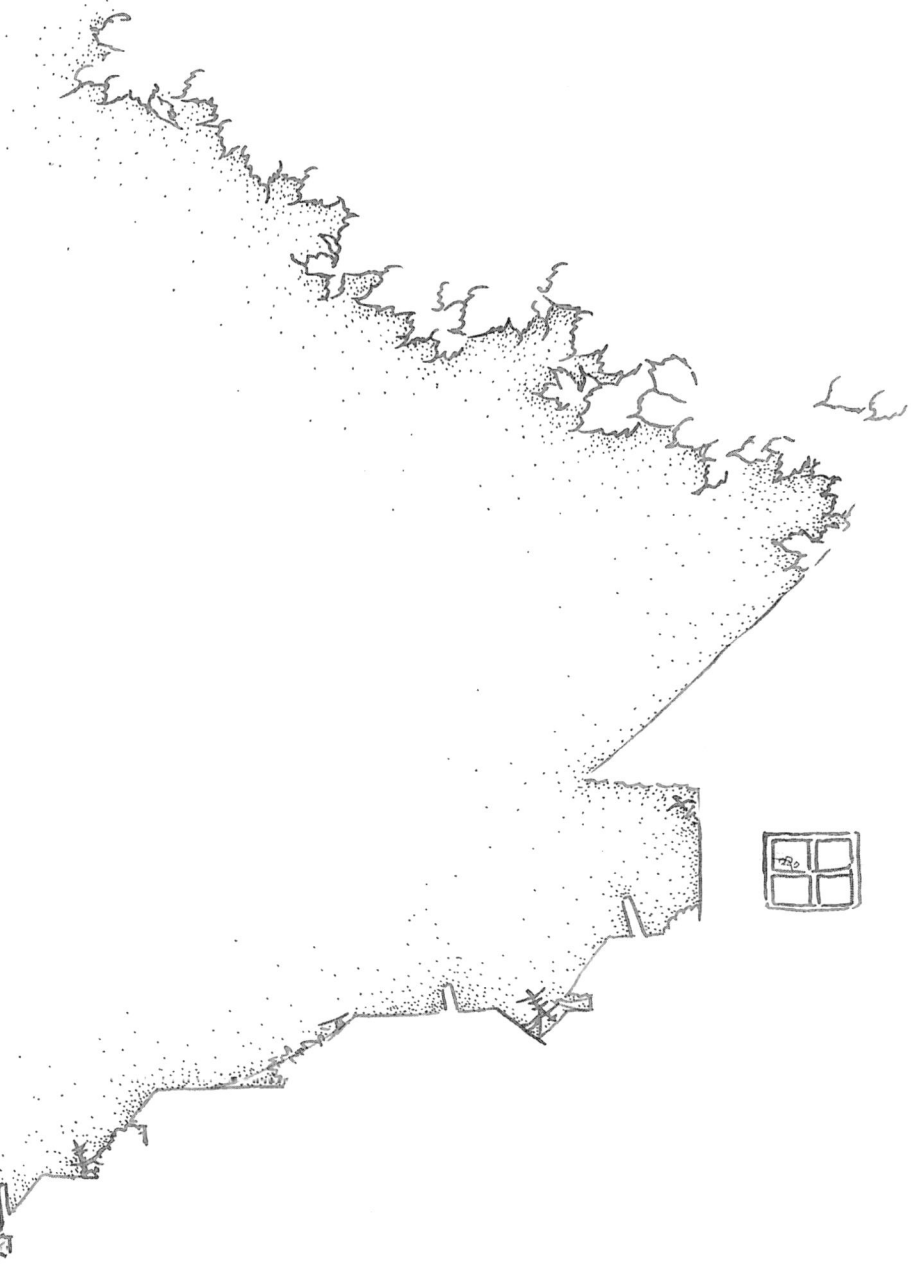

"이히히히히! 우헤헤헤헤!
달걀귀신 나온다아!
몽달귀신 나온다아!"

낡은 창호지에 손가락으로 구멍을 낸 언니 미화는
변조된 목소리로 툇마루에 쫓아낸 미경을 향해
속삭이며 말했다.

"야! 야! 놀리지 마라! 미경이 무섭다!
가뜩이나 너 때문에 쫓겨나서 잘 판인데."
오빠 명호는 미화의 옷자락을 잡아당기며
놀리는 것을 막았다.

베개를 안고 마루에 앉아 있던 미경은
창호지 구멍 사이로 미화를 째려보았다.

"넌 하루로는 안 될 거야!
네 몸에서 똥냄새가 안 난다고 우기지만
나한테는 안 통한다구!
네 몸에서 풍기는 똥냄새가 다 사라지려면
아마도 내일까지는 자야 될걸?"

"낄낄낄 거 참 잘됐다!
네 자리만큼 오늘은 넓게 잘 수 있겠다.
야호! 내 세상이다!"

"몽달귀신 나와라.
달걀귀신 나온다."
미화의 목소리는 끊임없이 반복되어
창호지 문에 메아리치고 있었다.

"히히히!
아무리 놀려도 난 안 무섭지롱? 히히!"

"별들아! 너희들만 알아?
나, 내일 아까 변소에서 주운 이 돈으로
하드 많이많이 사 먹을 거다!"

휘영청 밝은 보름달이
밤하늘을 바라보는 미경의 얼굴만큼이나
행복하게 느껴졌던 한여름 밤의 일이었다.

세상 모든 이들의 꿈을 비밀처럼 가슴에 품고

뜨겁게 빛나는 푸른 별들아.

지금도 너에게만은 비밀로 남기고픈 이 이야기를

오랜 세월이 흘러서야 고백하는 건 왜일까?

누군가 먹다가 흘려 떨어트린 과자 부스러기도

흙먼지 속 보석처럼

두 눈 안에서 반짝이며 소중했던 그런 때도 있었다는 걸

모든 것이 풍요로운 이 시대에

조심스럽게 이야기하고 싶었던 것일지도 몰라

아기 별 고운 내 친구들아

잊혀진 그리움으로

쉼 없이 꼬르륵거리던 허전한 가슴을 안고

오래전 그 시절로 달려가지 않을래?

그토록 작은 아이스크림 하나에도 목숨을 걸었던 그 시절

키 작은 채송화를 만나보지 않을래?……

와룡동의 아이들 3
별들에게 물어봐
ⓒ 전하리 2007

| 초판 인쇄 | 2007년 12월 7일 |
| 초판 발행 | 2007년 12월 17일 |

지은이	전하리
펴낸이	김정순
펴낸곳	(주)북하우스
출판등록	1997년 9월 23일 제406-2003-055호

주 소	413-756 경기도 파주시 교하읍 문발리 파주출판도시 513-8
전자메일	editor@bookhouse.co.kr
홈페이지	www.bookhouse.co.kr
블로그	blog.naver.com/bookhouse11
전화번호	031-955-2555
팩 스	031-955-3555

ISBN 978-89-5605-223-6 03810
978-89-5605-220-5 (세트)

이 도서의 국립중앙도서관 출판도서목록(CIP)은 e-CIP 홈페이지(http://www.nl.go.kr/cip.php)에서
이용하실 수 있습니다.(CIP제어번호:CIP2007000022)